(C.)

LES

OLYMPIENNES.

LES
OLYMPIENNES

DE

BENAZET

Ancien Professeur d'Écriture.

Il n'est point de roses sans épines.

TOULOUSE,

TYPOGRAPHIE DE BONNAL ET GIBRAC.
Rue Saint-Rome, 46.

1847.

Lettre du ministre de l'Instruction publique à l'auteur.

MONSIEUR,

Je m'empresse de vous informer que je viens de mettre à votre disposition un secours littéraire de 300 fr., nonobstant la pénurie des fonds d'encouragement aux sciences et aux lettres sur lesquels est prélevé ce secours.

Je désire que vous trouviez dans cette faible allocation un témoignage particulier de mon estime pour votre talent, et une preuve du vif intérêt que m'inspire votre position et qu'appellent sur vous d'honorables recommandations.

Recevez, Monsieur, l'assurance de ma considération distinguée,

COMTE DE SALVANDY.

Paris, le 19 novembre 1845.

Réponse de l'auteur.

MONSIEUR LE COMTE,

Vous avez daigné m'accorder 300 fr. sur les fonds d'encouragement aux sciences et aux lettres. Ce secours a fermé l'abîme que la misère ouvrait sous mes pas. Je n'acquerrai jamais assez de gloire pour égaler la reconnaissance au bienfait ; mais je n'en ferai pas moins mes efforts pour mériter votre estime comme citoyen et votre suffrage comme poète.

J'ai l'honneur d'être avec le plus profond respect,

Monsieur le comte,

votre très-humble et très-dévoué serviteur,

OLYMPE BÉNAZET.

A MADAME

HERMANCE GOULARD,

DE MONTFORT.

———◆◆———

Objet des célestes faveurs

Que le plus beau jour vit éclore,

Vous, dont l'aspect charme les cœurs,

Et dont l'amitié les honore,

Hermance, lisez mes écrits;

Et si leur sort vous intéresse,

Soyez pour moi ce que jadis

Fut pour le Tasse une princesse.

OLYMPE BENAZET

LES

OLYMPIENNES.

A Mlle JOSÉPHINE CAUBET *(de Montfort)*.

Quelle ame n'envîrait le sort
Dont vous jouissez à Montfort ?
Un juge vous trouve charmante ;
Un guerrier vous dresse un autel ;
Un enfant des Muses vous chante ;
Un prêtre vous ouvre le ciel.

A Mlle ZÉPHYRINE LEBEAU *(de Gimont)*.

Vos attraits, à Gimont, brillent comme un flambeau ;
    Et c'est pourquoi, Mademoiselle,
Loin de vous appeler Zéphyrine Lebeau,
On devrait vous nommer Zéphyrine la belle.

A Mlle MARIE DUCASSÉ *(de l'Isle-Jourdain)*.

Jeune et belle Marie, à qui tout rend hommage,
Que n'ai-je du Très-Haut, dont vous êtes l'ouvrage,
    Les magnifiques attributs
    Pour graver au ciel votre image !
    J'y verrais de moins un nuage,
    Et le monde un astre de plus.

A Mlle BERNADETTE DUBARRY *(de l'Isle-Jourdain)*.

Vos grâces, votre esprit, votre amabilité,
    Charment les grands et le vulgaire ;
Nulle autre mieux que vous ne connaît l'art de plaire ;
    Aussi, dans la société,
Ne jouez-vous jamais un rôle secondaire.

A Mlles Marie et Joséphine LISLE.

Jeunes sœurs que l'Isle-Jourdain
S'enorgueillit d'avoir vu naître ;
Vous, dont le triomphe est certain
Partout où vous daignez paraître :
Si, pour me combler de faveurs,
Le Dieu qui préside aux grandeurs.
Me soumettait la terre et l'onde,
A votre empire sur les cœurs
Je joindrais le sceptre du monde.

A Mlle IRMA LAPORTE *(de l'Isle-Jourdain).*

Le lendemain d'un bal.

Il est des gens, Mademoiselle,
Qui pèchent par excès de zèle.
Alphonse n'avait pas besoin
D'éclairer la salle de danse ;
Il eût pu s'épargner ce soin,
S'il eût songé, dans cette circonstance,
Que les bals où vous figurez,
Par vos brillants appas sont assez éclairés.

A Mlle Joséphine DARAN (de l'Isle-Jourdain).

Les trésors du Pérou, les perles de Golconde,
    Ont moins d'éclat que vos attraits;
Et s'il fallait pour vous, faire le tour du monde,
    Belle Daran, je le ferais.

J'affronterais les vents, la tempête et l'orage;
    Et cent mille autres sous les cieux
    Montreraient autant de courage
    Dans l'espoir de plaire à vos yeux.

A Mme LACOSTE, de Fleurance ;

le jour d'un concert donné par M. Cadéot,

Vous, par votre beauté, Cadéot par sa lyre,
Exercez à Fleurance un souverain empire;
Aussi, des amateurs accourus aujourd'hui,
Les yeux sont-ils pour vous, les oreilles pour lui.

A Mme Victorine MAURENS, de Fleurance.

Les rayons du soleil, jeune et belle ouvrière,
Dans ton asile obscur ne sauraient pénétrer ;
Prends donc une demeure et plus vaste et plus claire,
Où l'on puisse à la fois te voir et t'admirer.

A Mlle PAULINE BOIZELLE (d'Eauze).

On dit que du séjour céleste
Un ange gardien suit vos pas ;
Pauline, je ne le crois pas ;
Et qui plus est, je le conteste
A tous les docteurs d'ici bas.
Jeune, jolie et point coquette,
Adorant Dieu, faisant le bien,
Pour une femme aussi parfaite
A quoi sert un ange gardien ?

A Mlle Clémence LADEVÈZE (d'Eauze).

La grâce, la beauté, l'esprit, la modestie,
Font de vous, à quinze ans, une femme accomplie;
Et si vous paraissiez dans un congrès de rois
Au milieu de la paix profonde
Dont chacun jouit sous nos lois,
Vous verriez ces maîtres du monde
Se disputer à vos genoux
La gloire de vous plaire et d'être aimés de vous.

A Mlle Madeleine GAILLARD (d'Eauze),

Au retour du printemps, qu'annonce l'hirondelle,
Vous désertez la ville et vous volez aux champs;
Aimant bien mieux, beauté cruelle,
Sous un berceau de fleurs entendre les accents
De la plaintive Philomèle
Que les doux propos des amants.

Vous avez beau les fuir, ces amants trop fidèles;
Un seul de vos regards les a rendus si fiers,
Qu'ils vous suivraient sans peine au bout de l'univers.
L'amour leur donnerait des ailes
Pour passer les monts et les mers.

A Mlle Isabelle CAZES (de l'Isle-en-Dodon).

Certain poète de Toulouse
Immortalisa dans ses chants
Les qualités, les agréments
D'une jeune et belle Andalouse.
Témoin de la brûlante ardeur
Qu'inspirait la nymphe à l'auteur,
Une plus belle en fut jalouse;
Et, prenant dès ce jour les humains en horreur,
Leur jura dans un cloître une haine éternelle.

Si ton ame, jeune Isabelle,
Etrangère à ces vanités,
Enviait le sort des beautés
Qu'aux yeux du monde tu surpasses,
Vénus, dans l'esprit des mortels,
Cesserait d'avoir des autels,
Et perdrait l'empire des grâces.

Mlle Caroline CAZENEUVE, de Montpezat (Gers).

Au service du ciel Caroline se voue.
Ses mains, les jours de fête, ornent l'autel sacré.
C'est un pieux devoir dont le monde la loue,
Et dont son Dieu lui saura gré.

A Mlle Evélina FOURNIÉ (de l'Isle-en-Dodon).

Un monarque aimait une belle
Indigne de ses soins jaloux,
Il perdit sa gloire avec elle;
Il l'eût reconquise avec vous.

A Mme THÉRÈSE GRAS *(de Castelnau-Magnoac),*
Que ses admirateurs comparaient aux roses.

Entre vous et les fleurs, adorable Thérèse,
Il n'est point de comparaison;
Et qui soutient pareille thèse,
A plus d'esprit que de raison.
Les fleurs sont en butte aux outrages
Des insectes, des vermisseaux,
Des aquilons et des orages;
Tandis que vos jours sans nuages
Ne sont jamais troublés par les clameurs des sots,
Ni par de sinistres présages.

Des filles de Flore, en nos champs,
Le triomphe est de peu d'instants ;
Le vôtre a bien plus de durée.
Elles ne brillent qu'au printemps,
Et vous brillez toute l'année

LE BEAU ET LE BON.

Chez Manas, aubergiste et père de famille,
Le beau, le bon sont réunis.
On trouve le premier dans les traits de sa fille,
Et l'autre dans les mets que prépare son fils.

A Mlle Emma LORMAND, de Clairac.

Le sort a fait de vous une divinité
Qui se cache à nos yeux sous le voile admirable
De la grâce et de la beauté,
Comme l'auguste vérité
Sous le prestige de la fable.
Mais ce voile dont les réseaux
N'ont qu'un apparence illusoire,
Un jour, reine des cœurs, tomba pour votre gloire
Devant les enfants de Bordeaux.
Oh ! qui peut concevoir leurs transports, leur ivresse,
Alors que vous offrant le trône de l'amour,
Ils crurent voir une déesse
Abandonner pour eux le céleste séjour !

A Mlle Cléty MONBRUN, fleuriste.

Vous, dont le regard séduisant,
L'esprit subtil, le cœur ardent,
Suffiraient pour conduire un peuple à la victoire,
Puissiez-vous, en vous mariant,
Trouver la fortune et la gloire !
Et tresser alors les lauriers
Des poètes et des guerriers.

A Mlle Suzette NOGUÈS, de Vic-Fezensac.

Les élégants de Vic, à qui vous êtes chère,
Brûlent du désir de vous plaire ;
Oh ! que ces mortels sont heureux !
Votre beauté, le jour, les ravit sur la terre,
Et vos vertus, la nuit, les font penser aux cieux.

A Mlle Ursule LAVAQUERIE, d'Auch.

Ursule, ton hymen s'apprête.
Oh ! que ne suis-je le mortel
Qui doit en ce beau jour de fête
Te conduire en pompe à l'autel,
Et posséder ton cœur devenu sa conquête !
   A tes attraits, pour son bonheur,
   Tu réunis tant de douceur,
De grâces, de talents et de vertus brillantes
   Que, si l'on pouvait diviser
Ces dons que la nature a pris soin d'assembler,
On formerait de toi plusieurs femmes charmantes.

A la BELLE ROSE, de Marans.

L'éclat de la beauté n'est pas le seul présent
Que de la main des Dieux tu reçus en naissant.
De toutes les vertus, ta vie offre l'exemple;
   Aussi, voit-on plus d'un mortel
   De ton café se faire un temple,
   Et de ton comptoir un autel.

A Mlle ALZIRE DELMAS, de Villeneuve-sur-Lot.

   Aux traits charmants dont on vous peînt
   Dans Villeneuve où tout m'inspire,
   Vous déplaire, est ce que l'on craint;
   Vous posséder, ce qu'on désire.

A Mlle Jenny R...

Tu chantes comme un séraphin
L'amour, le plaisir et l'hymen.
Et si le démon de la guerre
Accourait un jour en ces lieux,
   Et t'obligeait, fille des cieux,
A chercher un asile au fond d'un cimetière,
Tes accents raviraient les échos d'alentour;
   Et les morts, à ta voix si chère,
Sortiraient pour te voir de leur sombre séjour.

A Mlle ALMAIDE CANTALOUP *(de Lectoure).*

Au nom du Dieu qui t'enflamme et me guide,
Souffre, séduisante Almaïde,
Que des filles du peuple, objets de mon encens,
Mon cœur, pour te louer, passe aux filles des grands.

Eh ! quel portrait aux yeux des sages,
Tes plus ardents admirateurs,
Fut jamais plus riche en images,
Et plus brillant pour les couleurs !
Quelle femme, aimable et jolie,
Eut plus de goût pour l'harmonie,
Plus de pompe dans ses atours,
Plus de ferveur dans ses prières,
Plus de grâce dans ses manières,
Et plus d'esprit dans ses discours !

Lorsque ta voix mélodieuse
Chante la gloire et les vertus
De cette reine bienheureuse
Qui préside au sort des élus,
Les fidèles se réjouissent;
De ton nom ces lieux retentissent;
Le prêtre au ciel lève ses mains,
Comme si l'ange de lumière
T'embrasait alors tout entière
Du feu sacré des Séraphins.

A Mlle Louise de GAURAN, de Lectoure.

Dans cet heureux séjour que vous embellissez,
Où chacun aspire à vous plaire,
L'empire que vous exercez
N'est pas un empire ordinaire ;
Car, si tous les princes, un jour,
Eveillés au bruit de vos charmes,
Venaient par la force des armes
Vous enlever à notre amour,
Avant que leur drapeau souillât ce territoire,
Les enfants de Lectoure, au courage indompté,
Se dévoûraient pour la beauté
Comme leurs ayeux pour la gloire.

A la Fille d'un Juge, de Lombez

En vain, belle et chaste Marie,
L'homme du monde me supplie
D'immortaliser votre nom
Sur la lyre d'Anacréon.

Un nom si digne de louanges
Doit, pour la gloire de vos jours,
Etre célébré par les anges,
Et non chanté par les amours.

A Mlle DELPHINE MATHIEU, de Montpezat (Gers).

Vierge, qu'adore Montpezat,
Et que tout recherche à la ronde,
Comment pouvez-vous croire avoir trop peu d'éclat
Pour fixer les regards du monde,
Quand vos attraits et vos vertus
Sont, après le soleil, ce qui brille le plus !

A Mlle ADÈLE DE SOLIRÈNE (de l'Isle-en-Dodon).

Quand Christophe-Colomb, guidé par son courage,
D'une terre inconnue aperçut le rivage,
Son plaisir fut moins vrai, moins pur, moins ravissant
Que celui que j'éprouve, Adèle, en vous voyant.
Puisse votre existence où mon espoir se fonde,
M'assurer l'immortalité
De ce navigateur, cher à l'humanité !
Il découvrit un nouveau monde,
Et je découvre en vous une divinité.

A Mlle Charlotte DE GALZ DE MALVIRADE.

Vous qui répandez par vos charmes
Autant d'éclat durant la paix,
Qu'en répandait par ses hauts-faits
Votre heureux père en temps d'alarmes :
Nouvelle amante des concerts,
Acceptez l'offre de mes vers ;
Ils sont, je l'avoûrai, peu dignes de mémoire ;
Mais, pour les enfants d'Apollon,
Votre accueil au sacré vallon
Est le baptême de la gloire.

VARIÉTÉS.

A M. LE COMTE DE SALVANDY,

Ministre de l'instruction publique.

Mécène des Français , qu'environne l'éclat
 De la puissance et du génie ;
 Mortel courageux au combat ,
 Éloquent à l'Académie ,
 Et profond au Conseil-d'Etat :

Te souvient-il du jour où la ligue abhorrée
 Des vainqueurs de NAPOLÉON ,
 Courbait la patrie éplorée
 Sous le joug affreux d'Albion ?
 Bravant cette ligue étrangère ,
 Tu conjuras la France entière ,
 Veuve d'intrépides soldats ,
 D'acquitter les frais de la guerre
 Par la vengeance ou le trépas.

 Oh ! que ta grande âme indignée
 Aux yeux de l'Europe étonnée ,
 Parut sublime en ce moment !

Ainsi que les héros d'HOMÈRE ,
Tes premiers pas dans la carrière
Furent des marches de géant.

Des potentats souillés de crimes
Que ton élan frappait au cœur ,
Prétendaient te joindre aux victimes
De leur implacable fureur ;
Mais , pour la gloire du royaume ,
LOUIS , à l'injustice opposant l'équité ,
Fit voir qu'immoler un tel homme
Serait d'un nouvel astre éteindre la clarté.

Ah ! pourquoi faut-il que le frère
De ce Roi dont tu fus l'appui ,
Ait fermé l'œil à la lumière
Que tu semais autour de lui !
Guidé par ta haute sagesse ,
L'infortuné , dans sa vieillesse ,
Eût épargné , pour son bonheur ,
Bien des troubles à sa patrie ,
Bien des maux à sa dynastie ,
Et bien des peines à son cœur.

A M. le Sous-Préfet de Lectoure.

Administrateur plein de zèle,
En qui les heureux Lectourois
Trouvent le soutien de leurs droits,
Et les magistrats leur modèle;
Puissant ami du beau, considère les traits,
La grâce, la mise élégante
De nos dames à qui tu plais ;
Et si tu chéris leurs attraits,
Protège Olympe qui les chante.

Le Dieu qui te fit naître et qui veut ton bonheur,
Mit, pour l'utilité commune,
Dans ta tête l'esprit, dans ton ame l'honneur,
Et dans ta maison la fortune.

AUX ÉLECTEURS

DE L'ARRONDISSEMENT DE LECTOURE.

Vous allez , citoyens , élire un Député.
    Cette éminente dignité,
    Que l'ambition sollicite ,
    Doit être , en ce jour d'équité ,
    La récompense du mérite.
    Et qui plus que LA FERRONNAYS ,
    Par le prestige qui l'entoure ,
A droit de soutenir l'honneur, les intérêts
    Des fiers habitants de Lectoure ?
Né d'un père immortel et d'illustres aïeux
    Que la France admire et révère ,
    Il cherche la gloire comme eux ,
    Et la sagesse qui l'éclaire
    Anime son cœur généreux.
Rêvant dès le berceau les lauriers de nos preux ,
    Il courut, au bruit de la guerre ,
    Grossir le nombre des soldats
    Que sur les Turcs , avec fracas ,
    Lançait le Czar dans sa colère.
    Sous ce redoutable empereur ,
    Les Balkans (1) virent son courage ;
Et sous LOUIS-PHILIPPE , au milieu du carnage ,
La victoire d'Anvers couronna sa valeur.

A M. LE MARQUIS DE PÉRIGNON.

Votre père, marquis, est un de ces mortels
A qui l'ancienne Rome élevait des autels.
    Du jour où sa valeur guerrière
    Conquit la palme de Figuière,
Il fut cher à la France ; et l'arbitre des rois,
    Napoléon, que l'univers admire,
    Le fit, pour prix de ses exploits,
    Grand dignitaire de l'empire.

---

(1) Montagnes de la Turquie.

C'est ainsi que sous le drapeau
D'Austerlitz et de Marengo,
Pérignon se couvrit de gloire.
Il n'est plus!... et sa mort vous plonge dans le deuil;
Mais si son corps est au cercueil,
Son ame est dans le ciel, et son nom dans l'histoire.

Vous qui possédez aujourd'hui
Sa modeste fortune et ses titres durables,
Fils à la fois digne de lui
Et du respect de vos semblables ;
Homme sensible à nos revers,
Agréez l'offre de ces vers ;
A votre père, à vous j'en consacre l'hommage;
Il vécut en héros, et vous vivez en sage.

A Mr LE CHEVALIER DE COQUET DE ST-LARY (de Fleurance.)

Vous êtes né d'un sang illustre ;
Et par vos qualités, digne des anciens preux,
Vous ajoutez un nouveau lustre
A l'écusson de vos aïeux.

A Mr ADOLPHE CADÉOT (de Fleurance).

Favori des neuf sœurs, dont Fleurance s'honore
Plus que du favori d'un roi ;
Cadéot qui, dès ton aurore,
Joins au flambeau des arts le flambeau de la foi :
Soutien de la vertu comme de l'harmonie,
Reçois les vœux qu'au ciel j'adresse pour ta vie ;
Et si de ta muse en ce jour
La mienne mérite l'amour,
Unis son offrande aux couronnes
Que tu tiens du peuple et des grands,
Pour tous les concerts que tu donnes
Et les bienfaits que tu répands.

A M. FIRMIN LAMOUR (de Clairac).

Vous êtes boulanger et poète érudit ;
Et, par cet heureux assemblage,
Vous avez le double avantage
De nourrir le corps et l'esprit.

M. BAJOLÉ, négociant à Vic-Fezensac.

Au monde il n'est point de coquette
Qui, pour plaire, soir et matin,
Range avec plus d'art sa toilette
Que Bajolé son magasin.

A UN CONDUCTEUR DES PONTS ET CHAUSSÉES.

Aimable enfant du nord, vous qui par caractère,
Prodiguez, dans l'obscurité,
Vos revenus à la misère
Et votre encens à la beauté :
Que l'arbitre des destinées
Qui vous guida vers nos contrées,
Pour exaucer nos vœux, vous assure à la fois
Cent mille écus par an et vingt femmes par mois.

A M. DUGABÉ, avocat

D'un célèbre orateur la tribune est le trône.
Le génie est son sceptre et l'honneur sa couronne;
Appui de l'infortune, il embrasse à la fois
La défense du peuple et la cause des rois.

On a vu, tu le sais, l'illustre Romiguière,
Repousser sans effroi la foudre d'un pervers (1),
Qui veut, pour combler nos revers,
Rappeler du néant les fléaux de la terre;
D'Aldéguier (2), menacé du feu de ses éclairs,
Trouva dans ton collègue un sûr paratonnerre.

Quel spectacle au public la Cour royale offrait,
Quand du terrible Gasc l'ingénieuse audace
Me retira du gouffre où me précipitait
Un disciple effréné d'Escobar et d'Ignace !

Un triomphe éclatant m'attendait avec toi.
Corne, imprimeur avare, intrigant et sans foi,
Éditait mon ouvrage à l'ombre du mystère,
Et tout défiguré le vendait au libraire.

---

(1) Clermout-Tonnerre, archevêque de Toulouse.
(2) Journaliste indépendant.

Contre cet avide oppresseur
J'avais besoin d'un défenseur
Intrépide au combat et sûr de la victoire.
Je remis en tes mains le soin de mon procès ;
Pour mon bonheur et pour ta gloire ,
L'espoir fut suivi du succès.
Et pour finir enfin , en quittant l'audience ,
Corne devint pour moi la corne d'abondance.

LE CONFISEUR.

A MADEMOISELLE FÉNOZIÈRE.

On prétend que les amoureux
Sont doués d'un cœur généreux.
Lisez mon aventure, aimable Fénozière,
Et vous jugerez du contraire.

Théodore le confiseur,
Moins renommé par sa laideur
Que par son avarice extrême,
Me demande, un jour, mes écrits;
Je les remets à l'instant même,
Fermement résolu d'en exiger le prix.
Quand il les eut en sa puissance,
J'en admire, 'dit-il, l'esprit et l'élégance.
Et ce mérite, en vérité,
T'assure la fortune et l'immortalité.
Amateur de la poésie,
Et riche de tes madrigaux,
J'en vais transcrire un des plus beaux
Que t'ait dictés l'amour pour exciter l'envie;
Au nom sacré, plein d'ascendant,
De l'objet dont il peint l'image,
Substituer adroitement
Celui de ma maîtresse orgueilleuse et volage
Qui, sous le voile de l'erreur,
S'en verra l'héroïne et m'en croira l'auteur.
Et lorsque en ce moment d'ivresse,
J'aurai par cette ruse enchaîné sa tendresse,
Tes écrits, dès lors superflus,
Sur-le-champ te seront rendus ;

Compte, mon cher, sur ma promesse.
— Et pourquoi pas sur vos écus?
Ainsi que vous, Monsieur, je travaille pour vivre.
L'Hypocrène est mon élément;
Et le recueil que je vous livre
Ne se prête pas, mais se vend.
Si j'ai, de votre aveu, fait preuve de talent
Par une verve peu commune,
Veuillez, par le prix de deux francs,
Et non par de vains compliments,
Contribuer à ma fortune ;
Ou, si ce faible prix répugne à votre cœur,
Souffrez, en loyal confiseur,
Que mes œuvres soient échangées
Contre une livre de dragées.
— C'est impossible. — Et les raisons ?
— Que la perte de ces bonbons
Ajouterait à de plus grandes.
— Eh ! bien, pour vous dédommager,
Je ne ferai que les sucer,
Et je vous rendrai les amandes.

Le MÉCHANT.

Un grand seigneur était méchant
Et qui, plus est, insupportable ;
Ses parents, ses amis tremblaient en l'approchant ;
A tel point que ce misérable
Sourd à la voix de la raison,
Aurait cherché querelle au bon Dieu comme au diable,
S'il eût paru dans sa maison.
Pour des faits puérils, des discours chimériques,
Il insultait, battait sa femme à tous moments ;
Assommait ses pauvres enfants
Et désolait ses domestiques,
Sans épargner le bon Médor,
Dont la fidélité lui valait un trésor.
L'impénétrable providence
N'accorde pas toujours une longue existence.
A l'homme injuste et redouté,
Qui joint l'ingratitude à la méchanceté.

Poursuivi par un songe où l'arbitre suprême
    Lui reprochait sa cruauté,
    Ce Seigneur devint pâle et blême ;
Et si tôt que la mort en eût fait son butin,
    Tout le monde, au lieu de chagrin,
    En conçut un plaisir extrême.
On pleure le trépas des personnes qu'on aime ;
    Jamais de celles que l'on craint.

A Mr CHARLES PHILIPS, ingénieur à *Villeneuve-sur-Lot*,

en lui envoyant des vers inédits.

Daignez, Monsieur, de vos regards
    Honorer cette poésie ;
    Sous l'heureux empire des arts,
L'auteur, en vous l'offrant, la consacre au génie.

Au même,

    Vous, qui du sein de l'opulence
    Versez, à l'exemple des Dieux,
    Vos bienfaits sur les malheureux
    Et vos lumières sur la France :
Recevez mon hommage et la reconnaissance
    De tous les cœurs villeneuvois
    Qui font des vœux pour votre vie,
    Comme leurs pères autrefois
En faisaient pour un prince et pour sa dynastie.

Discours d'un Père à sa Fille,

En la mariant.

Reçois, fille chérie, en ce jour solennel,
La bénédiction de mon cœur paternel.
Puisse le ciel l'entendre, et sa bonté suprême
En exauçant mes vœux, te l'accorder de même.
De Sara, de Tobie, il forma le lien ;
Puisse-t-il à jamais favoriser le tien !

De ton espoir charmant déjà l'aurore brille ;
Tu vas entrer bientôt dans l'aimable famille
Où règnent comme sœurs la paix et l'union.

Fais toujours consister ta noble ambition,
A lui prouver ton zèle et ton intelligence.
Inspire-lui soudain une ample confiance,
Et ne troubles jamais ce fortuné séjour
Où l'amitié doit vivre à côté de l'amour.

A son Gendre.

Et toi, jeune Gustave, espoir de ta famille,
Approche, et désormais sois l'époux de ma fille ;
Et si pour son bonheur ton cœur en a fait choix,
Puisse-t-elle t'aimer, en vivant sous tes lois ;
Changer le nom d'amante en nom sacré d'épouse ;
Ne jamais se montrer inconstante ou jalouse !
Protège-la toujours de ton pouvoir légal ;
Devenez un modèle en amour conjugal ;
Partagez constamment vos plaisirs et vos peines :
C'est l'unique moyen de resserrer vos chaînes ;
Et de vivre estimés dans ces paisibles lieux,
Où, libres et contents, ont vécu vos ayeux.

Allons, mes chers enfants, à l'autel d'hyménée,
Prier Dieu de veiller sur votre destinée ;
Des présages flatteurs m'annoncent en ce jour
Que l'amitié va vivre à côté de l'amour.

L'Agréable préféré à l'Utile.

On recherche un auteur qui dans de sots ouvrages
Tonne contre les lois, les mœurs et les usages ;
Tandis que l'écrivain qui prêche l'équité,
Languit dans l'indigence et dans l'obscurité.

Vers pour le portrait d'un Général.

Minerve l'a conduit en tout temps, en tous lieux,
Mars a toujours guidé son bras victorieux.

Le Travail.

C'est par lui que s'éclaire et subsiste le monde ;
Le laboureur aux champs et le marin sur l'onde,
Tout s'occupe ici-bas, et jusqu'aux animaux,
Tout vit dans l'univers du fruit de ses travaux.

Le Médecin et son Fils.

Le docteur Annibère
Chaque jour de défunts peuple le cimetière ;
Mais son fils plus humain, pour réparer ses maux,
De petits citoyens remplit les hôpitaux.

Épitaphe d'une Coquette.

Ci gît du médecin Ambroise
La femme infidèle et grivoise
Qui, pour combler les vœux ardents
D'un militaire bon apôtre,
Mit en ce monde plus d'enfants
Que son époux n'en mit dans l'autre.

ALEXANDRE BORGIA.

Sous le nom d'Alexandre Six,
Un prélat odieux devint chef de l'Église ;
C'était charger le loup du soin de la brebis.
Indignes cardinaux, que maudits soient les fruits
De votre coupable entremise !
A vos yeux Borgia fit briller son trésor,
Et son élection fut acquise à prix d'or.
L'Europe vit dès-lors ce prêtre sacrilége,
Saisir insolemment les rênes du Saint-Siége ;
Méconnaître des lois le salutaire frein,
Et sous un joug de fer plier le genre humain ;
Asservir lâchement la superbe Italie,
Et couvrir le clergé de honte et d'infamie ;
Inonder son conseil d'un amas de bandits,
Son palais de catins, l'étranger de proscrits ;
Faire pendre, égorger, et noyer dans le Tibre,
Quiconque réclamait les droits d'un peuple libre ;
Flatter des conquérants et plus tard les trahir,
Pour sauver ses états ou pour les agrandir ;
Se rire des fléaux, des misères publiques ;
Susciter en tous lieux des troubles politiques ;

Et s'établir arbitre, après tant de fureurs,
Pour damner les vaincus et bénir les vainqueurs.

Jusques à quand, Romains, avilis sous un maître,
Porterez-vous le joug que vous impose un prêtre ?
Ce despote orgueilleux, entouré de pervers,
A-t-il le droit affreux de vous donner des fers ?
Tarquin s'est dans l'exil repenti de ce crime ;
De son ambition César fut la victime ;
Et Commode et Néron, tout souillés de forfaits,
De vos foudres vengeurs sentirent les effets.
De tous quatre pourtant l'empire était immense ;
Grégoire dans ce siècle a-t-il plus de puissance ?
Et ne devriez-vous pas en un jour solennel
Le renverser du trône et briser son autel ?
Élevé par l'erreur, soutenu par l'intrigue,
Ce Dieu mortel vaut-il l'encens qu'on lui prodigue,
Et les dons précieux qu'en pompe tous les ans
Des monstres couronnés (1) lui font à vos dépens?

Et toi, fils du Très-Haut, dont les sages maximes
Pour tous les cœurs bien nés sont des leçons sublimes ;
Toi, qui de l'univers, par ton humilité,
Sur l'arbre de la croix conquis la liberté :
Vois ton vil successeur, bourreau de sa patrie,
De ses prédécesseurs singer l'hypocrisie ;
Prêcher la pauvreté, le mépris des grandeurs,
Et tenir une cour et des ambassadeurs ;
Vois le peuple romain, jadis si redoutable,
Traiter de sainteté ce pontife exécrable ;
Baiser ses pieds impurs, obéir à sa loi,
Et pour son intérêt déshonorer ta foi ;
Vois enfin ces prélats, du sein de l'abondance,
Insensibles aux pleurs, aux cris de l'indigence,
Briguer les dignités, éclipser tous les rangs ;
Se jouer de ton nom, vendre tes sacrements ;
Dans ton auguste temple, où vont prier leurs frères,
Etablir des dépôts d'indulgences plénières,

---

(1) Les Rois dévots.

Que de lâches chrétiens s'empressent d'acheter,
Pour le ciel que les saints ont peine à mériter
Par des travaux constans, les jeûnes, la souffrance,
Dont ce lieu fut toujours la digne récompense.

Ta funeste clémence enhardit les pécheurs.
Ah ! loin de pardonner à ces profanateurs,
Fais éclater sur eux ta vengeance sévère,
Non plus à coups de fouet, mais à coups de tonnerre.
Que l'asile où ton culte est sans cesse outragé,
Du venin des pasteurs soit aujourd'hui purgé ;
Et que leurs successeurs n'entrent jamais au temple,
Sans penser, en tremblant, qu'un Dieu les y contemple.

LA MORT D'UN BANQUIER DE TOULOUSE.

Vers patois.

La mort dins sa courso rapido
En tustan à tort, à trabès,
D'un cop dé sa daillo houmicido
A tranchat les jours de C**
Aquel banquié doun la sagesso
Égalabo au mens la richesso,
S'emporto lé régret public ;
Et coumo a toutis s'aouet playré,
Les endigents perden un payré,
Et les grands del sièclé un amic.

Quand lé malhur ou la misèro
L'appellabon a lour secours,
Souben d'uno famillo entièro
Sa bountat sécabo les plours ;
Fasio pas cap dé différenço
Dé culté, dé reng, dé nayssenço ;
Al prumié cric dé la doulou,
Soun âmo, aoutant libro qué puro,
Bésio dins cado créaturo
Un imatgé del créatou.

Ritchés, proufitats dé l'exemplé
Qu'aquel défunt bous a layssat ;
Coum'el bastissey bous un templé
Sul terrèn dé l'humanitat ;
Oh! qué dé fillos endigentos,
Del superflu dé bostros rentos
Pouyrion sans péno s'establi !
Tandis qué mettets bostro glorio
A déshounoura lour mémorio
Et noun pas a las sécouri.

Et bous, paourés dé la coumuno,
Plourets pas le mort mort may loun-temps ;
Les hérities dé sa fourtuno
Hériton dé sous sentimens.
Qu'esproubaran dé jouissenço
En soulatjan bostro souflrenço,
Dé bous rappela cado més,
Qué lour payré tant caritablé,
Dins bostré cor incounsoulablé
Es ramplaçat per éllis trés !

LES PRÊTRES,

Vers patois.

Dios sous pus jouénés ans, le grand Bincent dé Paoulo,
Proumettet d'estré sagé et tenguet sa paraoulo ;
Fasquet bese en effet à la souciétat
Et soun discernoment et soun humanitat ;
Foundet dé mounuments utilés et durablés,
Et counsacret las Surs al souen dés misérablés,
Qué la fam, las doulous, lé manquo de trabal,
Forçon dé récouri souben à l'espital.
Angés counsoulatous, inestimablos fillos,
Bous, qué s'ets lé soutien dé miliés de famillos !
Bous doun la caritat és la suprémo lé,
Oh! qué les Capélas soun lèn dé bous balé !
Soulatjats lé malhur, estruisets la jouénesso ;
Et quand dé charlatans, abidés dé richesso,

Sé fan per tout un poplé appela Mounségnur,
Bous aoutros n'abets pas qué le titré dé Sur.

. . . .

N'és pas la déboutiou, més acos l'intérès
Qué fa préné lé froc à Messius lés curès (1);
Taléou qu'an attrapat uno moudiquo rento,
Preston à bint per cent, à bint et cinq, à trento;
Ayciou soun usuriés, à Tarbos maquignous,
Et benden lés chabals coumo las coufessious;
Les bounis médécis (2) qué tout malaou réclamo,
Gagnon pas tant sul cos qué lés Curés sur l'amo;
S'aou cal diré pourtant, les prumiés balen may;
Nous salbon quelqué cop, et lés aoutrés jamay.

Dins nostro religiou, qué fort mal l'on pratiquo,
Quand un hymen se fa, l'argent lé santifico;
Et dus cousis germas poden pas espousa,
Sans qu'un maoudit Curé lés coundamné à paga
Al noum d'un pichou Rey uno grosso dispenso.
Té démandi, paysan, s'es pas uno counscienço,
Qu'un hommé qu'és toutjoun à l'oumbro dés aoutas,
Coumo lés proucururs, préngo dé las dos mas.

Un cuistré, en s'adressan al Curé dé Sent-Jory,
Appréney-mé, y disio, d'oun ben lé Purgatori?
    Moun amic, respound lé débot,
Un papo l'embentet per fa buïlli soun pot;
Et coumo abio lé cor may tendré qué lé bostré,
En fan buïlli lé siou, fasio buïlli lé nostré.

Messius les Capélas soun dé Caméléous;
Prénen toutis lés touns et toutos las coulous.

––––––––––

(1) N'y a qualcun dé bou, mais soun pla rarés.
(2) Biguério, Ducassé, etc.

LES DAMES DE COMPTOIR.

Vers patois.

Gracio à l'outouritat suprémo,
Toutos las damos dé coumptouer
Frappados aouèy d'anathèmo,
S'en ban aillurs gagna l'infer.
L'équitat dé moussu lé Mèro,
Per uno ourdounanço sébèro
Las oublijo dé s'éloigna,
Jouts péno d'estré à la justiço
Dénounçados per la pouliço,
Et dé sé besé coundamna.

Las qu'an désartat la campagno
Tournaran garda les moutous;
Dé las qué soun dé la mountagno
Les porcs séran les coumpagnous.
Adiou tissus, finos dantellos;
Adiou capèls, raoubos tant bèllos;
Adiou perlos et diamants;
Adiou bouno bido, boun ayré;
Adiou l'espoir dé tourna playré
Et d'enfounça d'aoutrés fégnants.

Encaro un cop ban estré a cargo
A lours parents qu'en fan pas cas,
Qué las habillaran dé sargo
Et las nouyriran dé millas.
Lour faran béouré l'aygo puro;
Las faran coucha sur la duro;
Trop hurousos an aquel prex
Dé poudé biouré fort tranquilos,
Et d'ébita lèn dé las bilos
Lé ridiculé et lé mesprex.

Déjà la souillon dé Narbouno
S'es empressado dé parti;
Sa ribalo dé Carcassouno
Tardara pas à la ségui;

La pé descaousso dé Granado,
La bibandiéro dé Caoussado,
La bierjo mayré dé Sent-Lys,
La nouyriço dé Sent-Martory,
La bressayrolo dé Sent-Jory
Soun en routo per lour pays.

La Jény, la Marto, la Loro
An prés lé cami dé Tounens;
La Janétoun, lé dé Simorro,
La Sophi, lé dé Sent-Gaoudens;
La Jaquetto, lé dé Bayouno,
La Bernado, lé dé Carbouno,
La Perretto, lé dé Gibors,
La Génébiébo, lé dé Chartros,
La Séraphino, lé dé Martros
Et la Fany lé dé Cahors.

D'aquélos inutilos rossos
Qu'aoucy les destèns soun cruels!
Arribében dins dé carrossos,
S'en tournon dins dé timbaréls:
Las unos qué l'on perd dé bisto,
Diben belcop à la moudisto,
A l'orfébro, al marchand lingè;
D'aoutros per paga la carreto
An fayt tort à la Perruquetto (1)
Et banquorouto al perruquié,

Toutos las qué crésen lour caouso
Empuissento dabant las lés,
Sé défan per fort paou dé caouso
Dé ço qué lour costo pas rés;
La dé Muret ben sas cadénos,
La dé Mountalba sas estrénos;
La dé Loumbès soun parrouquet;
La dé Marseillo soun oumbrèlo,
La Parisienno sa bayssèlo
Et l'Albijouéso soun gousset,

_____

(1) Marchando dé flous.

La goujo dé Castelnaoudarry
Dé désespouer sé bol néga ;
La fayssièro dé Sent-Hilary
Nous ménaço dé sé penja ;
La Zoë dé Négropelisso
Bol cita lé Méro en justiço ;
Et la pastro dé Caramans
Per benja d'affrouns nécessaris,
Ambé lé grays dés coumissaris
Bol fa la soupo à sous galants.

Toutos aquellos jouéuos follos
Cajoulados, maytis et souer,
Seran pas may coumo d'idolos
Espaousados dargné un coumptouer ;
Las matrounos dount lour présenço
Réboultabo pas la counscienço,
Per l'intérès s'abilission ;
Et cap dé scèno scandalouso
Sé passabo pas dins Toulouso
Sans qu'y fousquesson per quicon.

Lour poulitiquo extrabaganto
Digno des fermiés des bouzins,
Abio fayt dé la bilo santo
Un dépot central dé catins ;
Diou bolgo qué lours proutéjados
Per lour infourtuno esclayrados
Quitten pas may lour cu dé sac,
Per béni d'un froun dé mégèro,
Pourta la hounto, la miséro
Et l'infectiou de lour estat.

Lé sang qué coulo dins lours bénos
Es un pousou d'un effet lant ;
Soun pareillos à las sérénos,
Bous tuon en bous caressan.
Qui pot coumpta les misérablés
Doun lours attrèts abouminablés
An fayt dé coururs dé pabat !
Les unis pribats dé ressourço
Amb'ellos an perdut la bourso,
Et presqué toutis la santat.

N'y a qu'à l'embéjo dé lour playré
An sacrificat sans efforts
Lé patrimoino dé lour frayré,
Et tout lé déqué de lours sors ;
Lés qu'à lours génouls se pamabon,
Per las fa brilla s'endéoutabon ;
D'aoutrés finission per pana ;
Et lés qu'aourion en temps d'alarmos
Réfusat dé préné las armos,
Per ellos se fasion tua.

D'aoutrés sans règlo ni maximos,
Et la plupart endustrièls,
Quitton lours fennos légìtimos
Per ana bésé aquélos pèls ;
Les rébenguts dé lour oubratgé
Soun destinats à lour usatgé
Pr'aquélis moustrés sans souci ;
Et lours famillos malhurousos
Réprochon lours pénos affrousos
As qué diourion las adouci.

Fujets, maouditos créaturos,
D'un pays qu'abets empestat ;
Et qué bostros follos paruros
Aoujen lé sort dé bostré estat ;
Anats proujéta dins un bagno
Un mariatgé dé mountagno ;
Sera charmant à l'èl dé bioou,
Per l'allienço prou coumuno
Dé messalinos sans fourtuno
Ambé dé boulurs sans lé soou.

Ets talloment irréfléchidos
Qué pensats pas al machant temps ;
Et qué d'empèy qu'ets establidos
N'abets pas dus ardits balens ;
Chez bous, las despensos sécrettos
An d'abord foundut las recettos
Dé bostré exécrablé mestié ;
Ah ! quand on fa toutjoun ripaillo
Et qu'on és nascut snr la paillo,
On diou créba sur un fumié.

LES

OLYMPIENNES

DE

BENAZET

Ancien Professeur d'Écriture.

Il n'est point de roses sans épines.

TOULOUSE,

TYPOGRAPHIE DE BONNAL ET GIBRAC,

Rue Saint-Rome, 46.

—

1847.